ÉPITRE

AUX JEUNES FRANÇAIS

QUI SOLLICITENT L'HONNEUR D'ALLER A SAINTE-HÉLÈNE RECUEILLIR LES CENDRES DE NAPOLÉON, RÉCLAMÉES A L'ANGLETERRE PAR LE ROI DES FRANÇAIS.

PAR M. A. B. BLETON,

CAPITAINE DE LA VIEILLE ARMÉE.

« . . . . . D'Orléans se mêlant au convoi,
Suivit la France en deuil à la tombe de Foy. »

PARIS,

CHEZ LES MARCHANDS DE NOUVEAUTÉS.

AOUT 1830.

ÉPITRE.

IMPRIMERIE DE SELLIGUE,
rue des Jeûneurs, n° 14.

ÉPITRE

AUX JEUNES FRANÇAIS

QUI SOLLICITENT L'HONNEUR D'ALLER A SAINTE-HÉLÈNE RECUEILLIR LES CENDRES DE NAPOLÉON, RÉCLAMÉES A L'ANGLETERRE PAR LE ROI DES FRANÇAIS.

PAR M. A. B. BLETON,

CAPITAINE DE LA VIEILLE ARMÉE.

« . . . . . D'Orléans se mêlant au convoi,
Suivit la France en deuil à la tombe de Foy. »

PARIS,

CHEZ LES MARCHANDS DE NOUVEAUTÉS.

AOUT 1830.

Le gouvernement ombrageux qui vient de disparaître, redoutant les beaux souvenirs nationaux, cherchait par tous les moyens possibles à les effacer. En même temps qu'il faisait écrire, dans l'Histoire de France par le père Loriquet, que le marquis de Bonaparte, lieutenant-général des armées de Louis XVIII, était entré pour la seconde fois à Vienne, en 1809; qu'il substituait aux bas-reliefs si éloquens de l'Arc de triomphe ceux qui devaient rappeler les burlesques merveilles de la campagne Ouvrard; tremblant devant un buste de Napoléon, à l'aspect d'un tableau représentant le siége de Toulon, la bataille d'Arcole ou d'Austerlitz, il déclarait séditieuse la mise en vente du portrait du prisonnier de Sainte-Hélène; et plus d'un fonctionnaire a perdu son mince emploi, parce que le curé de son village avait aperçu dans sa salle à manger une petite lithographie des adieux de Fontainebleau ou du retour de l'Ile d'Elbe.

Aujourd'hui, dans le palais du roi des Français, on voit la statue de Napoléon et les tableaux de nos victoires où ce grand homme joue le principal rôle; et, loin de bannir sa mémoire, Louis-Philippe Ier revendique, au nom de la patrie, les dépouilles mortelles de celui qui porta si haut notre gloire militaire et notre puissance.

Cette différence de procédés, ces deux manières d'agir si opposées s'expliquent facilement.

Les princes déchus, précédés par les Cosaques de Platoff, étaient arrivés deux fois dans Paris, à la suite des bagages de Blücher et sur les cadavres de cent mille Français; imposés à la France par Castelreagh et Metternich, leur mission spéciale était d'énerver encore les lambeaux sanglans du grand empire, d'éteindre tout sentiment de dignité nationale dans ce qui restait de la France, et, pour comprimer même l'instinct de sa force, de détruire le goût des armes si naturel aux Français, en entourant nos guerriers d'une milice de prêtres, en les subordonnant à un état-major de jésuites, qui, les faisant *parader* dans toutes les églises, et défiler au milieu de toutes les processions, les tenait sous la surveillance des aumôniers chargés de régler les droits à l'avancement, non plus sur le nombre des services, mais sur celui des billets de confession. Ce système politique, prescrit par la Sainte-Alliance à son *vice-roi de France*, et qui de plus était si bien dans les goûts personnels de Charles X, permettait aux potentats de l'Europe de façonner à leur joug leurs nouvelles provinces, de les préssurer à leur aise sans qu'elles pussent espérer l'appui de la grande nation, ni même les leçons de son libéralisme, passion toujours endémique pour elles.

Combien est différente la position du roi des Français ! Le royal élu du peuple, loin d'être obligé de le tenir à la chaîne, d'entraver son essor vers la civilisation, ne peut avoir d'autres désirs, n'a pas d'autre intérêt que celui d'agrandir sa prospérité, de consolider sa liberté et son indépendance. La France ne peut plus être gouvernée à l'aide de moyens coërcitifs ; mais un gouvernement populaire la trouvera calme, obéissante et disposée à le seconder dans tout ce qu'il demandera pour le bien du pays et l'intérêt de l'humanité. Désormais le chef de la nation ne fera rien de grand et d'utile pour elle que ce bien ne réagisse sur lui-même et ne donne à son sceptre plus de force et de gloire.

Louis-Philippe semble être appelé à remplir la mission dont parlait Napoléon à Sainte-Hélène, de cet heureux souverain qui le premier viendrait se mettre à la tête des idées libérales. Sans être obligé peut-être de tirer un seul coup de canon, on serait tenté de croire qu'il pourrait devenir dans peu de temps l'Agamemnon européen.

Les peuples sont toujours reconnaissans de ce que les souverains font de flatteur pour leur orgueil : Napoléon s'inclinant sur la tombe de Frédéric II vit les larmes des Prussiens se sécher un instant, pour faire place à un mouvement d'admiration.

L'hommage du roi à la mémoire de Bonaparte est dicté par le même sentiment qui lui a fait ordonner l'ouverture du Panthéon aux cendres de Foy, de Manuel, de Ney, de tous les grands hommes qui ont illustré la France. En parlant des titres plus glorieux encore de Napoléon à cet honneur, je ne crains pas qu'on m'accuse de bonapartisme. Alors qu'il s'agissait de combattre les souverains de l'Europe ligués contre la prépondérance de la France et contre les résultats de sa révolution, le nom de Napoléon servait de ralliement à tous les braves, amis de leur pays. C'était là le principe du dévouement que lui portaient nos guerriers. Après sa dernière abdication, dans sa proclamation d'adieu aux soldats de l'armée devant Paris, Napoléon lui-même disait : «... Vous » et moi, nous avons été calomniés. Des hommes

» indignes d'apprécier vos travaux ont vu, dans
» les marques d'attachement que vous m'avez
» données, un zèle dont j'étais le seul objet; que
» vos succès futurs leur apprennent que c'était la
» patrie par-dessus tout que vous serviez en m'o-
» béissant, et que, si j'ai quelque part à votre af-
» fection, je le dois à mon ardent amour pour la
» France, notre mère commune..... » Jamais plus grande vérité ne sortit de la bouche de cet homme extraordinaire, qui connaissait si bien et la France et l'armée. Voilà, en effet, l'unique cause de notre sincère et opiniâtre amour pour lui.

Mais le bonarpartisme sans Bonaparte est un mot vide de sens. Jamais les anciens militaires n'ont sympathisé plus cordialement avec le peuple français qu'aujourd'hui ; jamais ils n'ont donné une plus unanime adhésion qu'à son dernier plébiscite. Ils sont fiers sans doute de voir honorer publiquement de grandes actions guerrières auxquelles ils ont participé; ce n'est qu'à ce titre qu'ils s'inclinent encore devant l'image de celui à qui en appartient la plus grande part. Mais, mêlés depuis quinze ans plus intimement à ce peuple qui n'approuve même pas généralement l'hérédité de la pairie, ils sont bien loin de croire le génie, les vertus militaires héréditaires et transmissibles comme les noms. Ils savent que le noble disciple de Metternich, élevé dès le berceau à Schœnbrunn où le mot de *libéralisme* est aussi en horreur que celui de *réforme religieuse* l'est au *Vatican*, ne saurait comprendre les besoins de la France en 1830.

La gloire militaire est une de nos plus grandes richesses nationales ; tout ce qui tendra à en perpétuer le souvenir servira utilement la liberté de la France. Comme l'Angleterre, nous ne sommes pas sans frontières ; de puissans souverains entourent de toutes parts notre patrie ; si, dans le faux espoir de conserver plus long-temps leur pouvoir absolu, le vertige qui les égara vingt ans les reprenait encore, ils en seraient sans doute punis bientôt sur le sol même de la France, où chaque citoyen serait un soldat et où chaque famille formerait une compagnie de garde nationale ; mais une armée, riche de vieux souvenirs, avide encore de gloire, debout sur les frontières, suffirait pour leur garde, et mettrait le pays à couvert d'une invasion, toujours le plus grand des fléaux, quelque bornée qu'en soit l'étendue et quelque courte qu'en soit la durée.

ÉPITRE

« . . . . . . D'Orléans se mêlant au convoi,
Suivit la France en deuil à la tombe de Foy. »

Hier le peuple encor, enflammé de courroux,
Brisait, avec fracas, un trône sous ses coups,
Et sa fureur croissait comme la résistance.
A peine a-t-il vaincu, qu'évitant la vengeance,
D'un pur patriotisme il écoute la voix:
Sa révolution n'est qu'un retour aux lois.

L'écho s'émeut encor des coups de cet orage,
Qui, dans des flots de sang, consomma le naufrage
De princes méprisés; et déjà dans Paris
L'ordre le plus parfait rassure les esprits!
Ce calme si profond de la force est l'emblême;
Dans ces grands jours, la France est digne d'elle-même.
Sur le palais du roi qu'elle a su se choisir,
Flotte ce vieux drapeau, garant de l'avenir,
Que d'Orléans suivit dans la brillante arène,
Qu'à Jemmapes tenait sa main républicaine.
L'orgueil national verra les trois couleurs
Ombrager les cercueils de leurs vieux défenseurs.
A nos frères proscrits Philippe ouvre la France [1];
Il devine ses vœux et déjà les devance:
Du vainqueur d'Aboukir, d'Iéna, de Marengo
Sa magnanime voix réclame le tombeau [2].

Sans doute qu'Albion, abjurant toute haine,
Sur ces tristes cyprès n'étendra plus sa chaîne.

O vous, jeunes Français, dont le cœur généreux
D'un noble enthousiasme a ressenti les feux!
Quand, de son vif éclat rappelant la mémoire,
L'auguste liberté rend hommage à la gloire,
D'un vétéran français accueillez les accens,
Jamais aux grands du jour il n'offrit son encens.

Hâtez-vous, rapportez sur les bords de la Seine
Ce glorieux dépôt qu'enferme Sainte-Hélène.
La France libre entend le cri d'un juste orgueil;
Sa terre attend déjà cet illustre cercueil.
Avec vous je prends part à cet honneur insigne:
Ma piété guerrière a dû m'en rendre digne.
Quand, de vingt rois ligués comprimant la fureur,
Sous le poids du trophée étouffa leur vainqueur,
Le culte des débris seul eut pour moi des charmes...
Quel bonheur je ressens en reprenant mes armes!
Je pourrai donc, après un pénible repos,
Mourir pour mon pays, sous mes anciens drapeaux.

Dès le moment fatal où le deuil de la France
Déplora les succès de la Sainte-Alliance,
Des pompeuses cités je quittai le séjour.
Assis sur les rochers où je reçus le jour 3,
Je tenais déployée au fond de ma chaumière
De mon vieux régiment la poudreuse bannière;
Je labourais la neige; et mêlais les refrains
Des hymnes de la gloire aux chants républicains.

Ces souvenirs sacrés échauffant ma pensée,
J'invoquais la patrie et sa grandeur passée.....

La liberté sans glaive, et la gloire sans voix,
Hélas ! n'entendaient plus les accens d'autrefois.,

D'un roi faible et bigot la cour ultramontaine
Sur la France paisible appesantit sa chaîne.
Ceux qui couraient chercher un triomphe certain
Du seul choix d'un ministre attendent leur destin;
Et le feu qu'ils mettaient dans leur lutte héroïque
Ne les enflamme plus que pour la polémique !

Nos tyrans, enhardis par ce trop long sommeil,
Du lion endormi provoquent le réveil.
S'accroissant par degré, leur fureur en délire
Contre sa dignité même au grand jour conspire.
Déjà l'absolutisme aiguise son poignard.
Les souverains ont-ils une morale à part?.....
De l'astre des Bourbons les phases sont changeantes;
L'éclipse va ternir leurs couleurs triomphantes.

Comme un peuple conquis le grand peuple est traité;
Mais il saura borner sa longanimité.
Et l'éternel orgueil des faux dieux de la terre
Dans ses terribles mains a remis le tonnerre.

Sans prévoir nul obstacle à leur fougueux élan,
Les hommes de Pilnitz ont déroulé leur plan.
Ils veulent à leur gré persécuter la France,
Aux vœux des citoyens imposer le silence,
Éteindre constamment la voix de la raison
Sous leurs cris menaçans et le bruit du canon.

Mais en vain l'injustice à la force s'adresse :
Les tyrans ne sont forts que de notre faiblesse.
Recours des opprimés contre leurs oppresseurs,
Aux esclaves la guerre offre ses bras vengeurs,
Et dans leur noble but dignement les seconde :
Pour y fixer le calme, elle ébranle le monde.
De ses droits un grand peuple assurant le succès,
Sur le glaive appuyé, jouit mieux de la paix.
Il soumet à des lois le pouvoir de son maître,
Et sait devenir libre aussitôt qu'il veut l'être.
Si du cercle légal s'écarte un souverain,
Ses sujets doivent prendre une charte à la main ;
Et quand à l'observer il ne peut se résoudre,
Qu'alors leur cri se mêle aux éclats de la foudre.

Que n'ai-je du poète et la lyre et la voix !
La grande nation, ses merveilleux exploits,

Et de la liberté les accords prophétiques
Sans cesse inspireraient mes chants patriotiques ;
Les triomphes du peuple et ceux de nos héros
Trouveraient dans mes vers de renaissans échos :
De ma muse toujours les refrains, pleins de charmes,
Ne seraient que pour eux, comme autrefois mes armes.

Je chanterais les fils de la grande cité,
A travers les périls, cherchant la liberté ;
Et l'Hercule gaulois, armé de sa massue,
Se frayant jusqu'au trône une sanglante issue,
Des jésuites chassant ce royal allié
Qui, même par l'honneur, croit n'être plus lié,
Lorsque, d'un pacte saint approuvant la rupture,
L'eau bénite de Rome absout le vil parjure.

Quelques Suisses vont-ils répandre la terreur ?
De leurs rangs a jailli le feu provocateur ;
Et le peuple au tyran renvoyant les alarmes,
De son rêve illusoire a dissipé les charmes.

Les braves Parisiens sauront seuls nous venger ;
Cent fois moins que la honte ils craignent le danger.

Au nom de la justice, invoquant la victoire,
Debout, au rendez-vous, ils y trouvent la gloire.
Qui pourrait au torrent opposer un rempart,
Quand sur son flot fougueux vogue notre étendart?
Au plus faible inspirant sa guerrière magie,
Il remplit tous les cœurs d'une mâle énergie;
De nos fiers vétérans réveillant les débris,
Son glorieux aspect exalte les esprits;
Et l'ardeur parisienne, à sa vue enflammée,
En trois jours a conquis sa haute renommée.

Des élèves fameux, héros improvisés,
Et par le feu sacré soudain électrisés,
Dont la valeur s'accroît et toujours se surpasse,
Font, sous le vieux drapeau, des miracles d'audace.
Les belliqueux accords de l'hymne des combats
Dans Paris bouillonnant enfantent des soldats.
La victoire sourit à leur ardeur guerrière;
Patrone de la France, elle suit sa bannière.
La gloire, au pas de charge, accourt sous ses couleurs,
Et joint en un faisceau cent mille bras vengeurs.

Le volcan, allumé par la rage impuissante,
Lance aux provocateurs sa lave dévorante.
En vain pour l'étouffer, Raguse, vil *Sinon*,
Comme un long roulement fait tonner le canon;

Infâme rénégat de la foi militaire,
Des bandes de Coblentz devenant le sicaire,
Il mitraille ces murs, jadis par lui vendus,
Et contre toute honte il se fait un calus.

Sur le prince effrayé mugissent des tempêtes;
Sa férocité sainte avait proscrit nos têtes :
Il tremble pour lui-même, et ses yeux inquiets
Ne trouvent plus d'abri dans son propre palais.

De ses gardes en vain les vivantes murailles
Contre les citoyens prolongent vingt batailles;
En vain leurs rangs ouverts, se resserrant encor,
Du peuple qui grossit ralentissent l'essor;
Sous l'effort redoublé du courage ils succombent,
Et de leurs bras meurtris les armes enfin tombent.
Dans des ruisseaux de sang leurs cadavres flottans
Ont glacé de terreur les derniers combattans.
Ils ont fui. Leurs canons qui jalonnent leur route,
Tournés sur ces débris, achèvent leur déroute;
Et le boulet vengeur jusqu'aux murs de St-Cloud,
Les suit, et les menace encor du dernier coup.

Le Louvre, ce palais qui vomissait la flamme,
Du grand peuple a revu l'immortelle oriflamme.

Salut, noble colonne, ô bronze d'Austerlitz!
Des vieux guerriers français les émules, les fils
T'ont vengée; et déjà, radieux météore,
Brille sur ton sommet le drapeau tricolore!
Comme aux jours d'autrefois brûlant du feu sacré,
Le peuple souverain n'a pas dégénéré;
Et de la liberté l'amour plus vif encore,
Sans pouvoir le lasser, constamment le dévore.
D'un passé glorieux tel est le digne fruit:
Son heureux souvenir toujours le reproduit.

La capitale est libre, et sur chaque coupole
De la gloire apparaît l'éclatante auréole.
Auprès des Parisiens partout les bons Français
Voudraient avoir pris part à leurs sanglans succès;
Et, comme un arc-en-ciel, sur la patrie entière,
De clochers en clochers vole notre bannière.

Les Bourbons isolés ne trouvent plus d'appui;
Des courtisans la tourbe au loin a déjà fui.

En vain à Rambouillet retrempant leur courage,
Ils veulent dans Paris reporter le carnage;
Comme un bloc de granit lancé par un volcan,
Une masse terrible a percé dans leur camp.
Ils baissent leurs regards devant notre cocarde.
Ce levier politique a désarmé leur garde;
Et quand ils sont jetés sur un mortel écueil,
Ils restent assoupis dans leur stupide orgueil;
Alors qu'ils sont tombés, ils ne peuvent le croire.

Pourtant de Charles X la labile mémoire
Se souvient du *vingt mars*... il veut, tremblant d'émoi,
Chez l'étranger encore exhaler son effroi.
La Charte, qu'il nommait un honteux sacrilège,
Il l'invoque; il voudrait que sa voix le protège.
Cerné de toutes parts, au moment qu'il s'enfuit
Il demande aux Français un dernier sauf-conduit.
Et la liberté sainte, après trois jours de lutte,
D'un trône mal assis consomme enfin la chute.
Ainsi sont disparus devant l'astre du jour
Les nuages impurs qui masquaient son retour.

Jours heureux et brillans, à jamais admirables!
Quels prodiges, quels temps vous furent comparables?
La liberté promet le plus bel avenir;
Et pour la conserver, nous saurons en jouir!

Un roi qui la servit dès ses jeunes années
Assure à son pays de hautes destinées.
De la raison publique écoutant les seuls vœux,
Il rendra les Français plus puissans, plus heureux;
Des conseils étrangers repoussant l'influence,
Par lui, tout désormais sera fait pour la France,
Et, vers un digne but sachant la diriger,
Il guérira ses maux sans vouloir les venger.
Soumis toujours aux lois, son libéral empire
De la peur, de la rage éteindra le délire;
Des révolutions l'héritage orageux
Dans ses mains donnera des produits fructueux.
L'allégresse publique est déjà son ouvrage,
Et la France nouvelle espère davantage.
La paisible industrie étendra son essor;
Et nos fastes guerriers, cet immortel trésor,
Viendront flatter aussi l'orgueil de la patrie.

Nos poètes pourront célébrer le génie,
Ce duel de vingt ans, ces hauts faits, ces grands noms
Dont le plus pur éclat réflète ses rayons
Sur nos jeunes soldats, qu'un même zèle enflamme.
Tant d'exemples fameux exalteront leur âme
Au moment où, faisant un appel à leurs bras,
La France rouvrira la lice des combats.

De nos aïeux la gloire et celle de notre âge
Sont de nos dignes fils le plus bel héritage :
Que de fois notre orgueil, en face du trépas,
Répéta les beaux noms des Bayard, des d'Assas !

Ils ne sont plus ces jours, où, déchirant l'histoire,
Nos tyrans des guerriers proscrivaient la mémoire,
Et, des rois étrangers caressant les désirs,
Croyaient par des prévôts tuer nos souvenirs !....
Un magnanime roi, digne de notre France,
Sans crainte et sans soupçons, sans haine et sans vengeance,
Le premier parmi nous songe à *Napoléon.*
Aux restes d'un grand homme ouvrant le Panthéon,
Il demande aux Anglais cette urne cinéraire
Qui fixe sur un roc les regards de la terre.
Assis sur ce cercueil, couronnés de lauriers,
Avec lui reviendront nos pénates guerriers.

Long-temps de ses efforts la constance héroïque
De la fureur des rois sauva la république,
Qui dut dès son berceau son triomphe à son bras;
Contre une ligue impie il livra cent combats;
Et du jeune héros la gloire militaire
Couvrit la liberté d'un lustre salutaire.

Les dogmes libéraux, enlacés de lauriers,
Sont aux lèvres des rois devenus familiers :
Dans leur propre palais la voix de la victoire,
Les proclamant vingt ans, y grava leur mémoire.

De défendre le sol l'impérieux devoir
Étendit beaucoup trop l'impérial pouvoir;
Mais pouvait-il alors, contre l'Europe unie,
Sauver la liberté, sans sauver la patrie ?
Le droit divin de lui reçut les plus grands coups :
Des princes absolus il brava le couroux;
Sous sa tente, à son gré, changeant leurs vieilles races,
Des prestiges anciens il effaça les traces;
Et, pour punir les rois, le pavois triomphal,
Plus haut qu'eux éleva ce géant colossal.

De ses yeux rayonnans semblaient sortir des flammes;
Au niveau de la sienne il élevait les âmes.
La légitimité, blessée au fond du cœur,
Vit sous le puissant bras du nouvel empereur
Notre sol agrandi, nos frontières bornées,
Des Alpes à la mer, du Rhin aux Pyrénées;
Et, comme sur le Nil, flotter nos étendarts
Sur ce palais gothique, où le plus grand des czars
Fit régner après lui l'esclave Catherine.

Que n'a-t-il vu Paris consommer la ruine
D'un pouvoir odieux?..... Pendant ces courts instans
Son cœur patriotique aurait vécu cent ans!

Des lieux où les hauts faits, les vertus, la vaillance,
Au-delà du tombeau, trouvent leur récompense,
Bonaparte applaudit aux braves Parisiens.....
Entre ce peuple libre et lui que de liens!
Du temple de Thémis il éleva la voûte:
Sur son front belliqueux le code encore ajoute
Aux lauriers de César ceux de Justinien.
Ce recueil de nos lois était notre soutien;
Naguère il nous prêtait son appui tutélaire
Contre les attentats d'un pouvoir arbitraire,
Et servait à nos droits de vrai palladium.

Consacrant aux beaux-arts un pompeux muséum,
Le héros l'enrichit des fruits de la victoire,
De chefs-d'œuvre, chéris des filles de mémoire.
Sous des arcs de triomphe accueillant ses enfans,
La France s'embellit de ces grands monumens;
Du continent Paris devint la métropole;
Le père des soldats du peuple fut l'idole:

La France l'admirait quand l'unanime effort,
Loin d'abattre son âme, en tendait le ressort.

Dans ce combat sans trève, athlète infatigable,
Brilla pendant vingt ans son courage indomptable;
A Lodi, Marengo, Friedland, Montmirail,
Partout des ennemis il fut l'épouvantail.

Si la guerre est sans fin et la lutte sans terme,
Si jamais de Janus le temple ne se ferme,
Aux premiers mots de paix, trop prompt à la donner,
Aux vaincus il aimait toujours à pardonner;
Quoiqu'il eût vu souvent sa bonne foi trompée,
Devant l'olivier saint il baissait son épée.
On le vit, quand de vaincre il conservait l'espoir,
A la voix du pays déposer son pouvoir,
Et, du joug étranger pour délivrer la France,
Dans l'intérêt du peuple abdiquer la puissance.

A ce grand dévoûment se soumet l'empereur.
Il redescend du trône et perd tout, *fors l'honneur*.
Rien n'était au-dessus de cette âme si forte :
Sur le guerrier bouillant le citoyen l'emporte.

Moins vaincu par les rois que par la trahison,
De son glorieux sceptre il nous fit l'abandon.
Pensait-on que, plus tard, nos maîtres sans vengeance
Respecteraient les droits de la nouvelle France?...
Pour ces vieux ennemis quel pacte fut sacré?

Sur un fleuve de sang le monarque est rentré.
Napoléon eût pu fermer le précipice;
Mais pour rester fidèle à son grand sacrifice,
Confiant dans les lois de l'hospitalité,
Dans les bras d'Albion il s'est déjà jeté;
Et, plus infortuné que le héros d'Athènes,
Sur ses traîtres foyers n'a trouvé que des chaînes.
Un élève de Pitt, au crime accoutumé,
Trompant la bonne foi du héros désarmé,
Au droit sacré des gens se déclarant parjure,
Sur un roc assassin lentement le torture;
Et les rois, tant de fois battus et grâciés,
Au plus grand des forfaits se sont associés!

Quel sentiment impur excite leur furie?
Est-ce encor de la peur que naît leur barbarie?
Ces nains sur le colosse, atteint d'un coup mortel,
Se livrent lâchement à leur instinct cruel,

Oubliant ces grands jours, où la gloire en personne
A leurs fronts inclinés permettait la couronne,
Quand, courbés sous sa tente ou groupés devant lui,
De son bras tout puissant ils invoquaient l'appui;
Et, le soir du combat conjurant sa colère,
Par leur hommage-lige évitaient son tonnerre;
Ces jours, qu'admireront à jamais nos neveux,
Où des deux empereurs le vainqueur généreux
Rendit à l'un l'empire, à l'autre son armée;
Où la Prusse guerrière, en sept jours désarmée,
Vit le triomphateur, aux rives du Niémen,
Amnistiant le czar, lui tendre encor la main,
Et même, au roi vaincu faisant en grand l'aumône,
Sur son front suppliant replacer la couronne;
Ces jours où, tous ensemble accourant sur ses pas,
Dix vassaux couronnés armaient pour lui leurs bras,
Et, de chaque conquête affamés légataires,
Recherchaient du héros les regards tutélaires.

De tous ces souverains qu'eût fait Napoléon,
Alors que son étoile emplissait l'horizon,
S'il eût tourné contre eux leur fureur meurtrière?...

Les princes de ses pieds léchèrent la poussière;
Et le monde approuvait son bienfaisant pouvoir.
Aux plus ambitieux il ôtait tout espoir.

Auraient-ils devant lui pu partager les âmes,
Déployer au grand jour leurs politiques trames,
S'adjuger Cisalpins, Belges, Gênois, Flamands,
Se livrer sans obstacle à la traite des blancs,
Et, sans le consulter, se diviser le monde?...

Dans ce partage inique un sbire les seconde;
Sur un écueil affreux, vomi par l'Océan,
Il tient emprisonné des siècles le géant.
Le vainqueur de Wagram, le conquérant du Kaire
Gémit sous les verroux du bourreau de Tibère!
De nos maux et des siens il sent le double choc,
Et le vautour *Hudson* le ronge sur son roc!

Sa main mourante tient le burin de l'histoire,
Et grave nos hauts-faits au temple de mémoire.

De l'astre sous lequel brilla notre pays,
Qu'admirèrent trente ans nos regards éblouis,
S'éteignit pour jamais l'éclatante lumière.
Les rois ont applaudi; mais, dans l'Europe entière,

Les peuples par leurs pleurs ont honoré son deuil.
Nos soupçonneux tyrans proscrivaient son cercueil [4],
Loin de nous, dans l'exil, ils retenaient ses cendres,
Pour ne pas provoquer d'émotions trop tendres,
Et se voir reprocher son supplice cruel;.....
Mais, comme nos regrets, ce blâme est éternel.

Écoutons retentir sa dernière parole :
Il parle encor de nous quand son âme s'envole.
Ah! son drap mortuaire est ce même manteau
Qui flottait sur son bras aux champs de Marengo!
Et du lit d'Austerlitz lorsqu'aux cieux ils s'élance,
Il exhale ces mots : « Liberté! gloire! France!!! »

Mânes de nos héros! auprès des dieux vengeurs,
Des peuples asservis soyez les protecteurs;
Des maîtres de la terre appaisez la furie,
Inspirez tous les cœurs, veillez sur la patrie.

Quel beau destin attend la grande nation!
Son triomphe n'est plus une autre illusion.
La France est belle encor, même après son naufrage;
Si l'empire est tombé, la liberté surnage.

Elle répand sur nous ses plus pures clartés,
Et vient nous consoler de nos calamités;
Citadelle du peuple, inexpugnable asile,
Elle lui garantit un avenir tranquille.
Le siècle dans sa marche a laissé des traîneurs;
Les lumières encor trouvent des détracteurs;
Mais le temple des lois est notre sanctuaire :
Pour Philippe et pour nous c'est l'étoile polaire.
Conservons du passé l'utile souvenir;
De tant de maux est né le besoin de s'unir.
Sous un roi citoyen, la glorieuse France,
Plus libre que jamais, reprendra sa puissance,

Puissent un jour le Rhin lui servir de rempart,
Sur les Alpes, en paix, flotter son étendart!
Des rois plus éclairés puisse la politique,
Tendant à ce pays une main pacifique,
Lui rendre pour frontière un cercle moins étroit,
Que la nature même a tracé de son doigt 5!
Notre prépondérance est toujours protectrice :
D'un plus juste équilibre étayant l'édifice,
Les Français du repos goûteront les bienfaits,
Et l'Europe, comme eux, jouira de la paix.
Elle règne aujourd'hui!.... mais c'est au roi de France
Des intérêts du monde à tenir la balance.

NOTES.

A nos frères proscrits Philippe onvre la France.

[1] L'ordonnance qui rappelle en France les conventionnels proscrits, et qui annule toutes les condamnations encourues pour délits politiques est un des premiers actes du roides Français.

Du vainqueur d'Aboukir, d'Iéna, de Marengo
Sa magnanime voix réclame le tombeau.

[2] Les feuilles publiques ont annoncé à la France reconnaissante cette généreuse démarche de son nouvean roi.

Assis sur les rochers où je reçus le jour.

[3] Les Monts-d'Or.

Nos soupçonneux tyrans proscrivaient son cercueil.

[4] Je désire que mes cendres reposent sur les bords de la Seine, au milieu de ce peuple français que j'ai tant aimé. »

(Art. 2 du Testament de Napoléon.)

Lui rendre pour frontière un cercle moins étroit,
Que la nature même a tracé de son doigt !

[3] Des Alpes à la mer, du Rhin aux Pyrénées.

RÉTABLISSEMENT

Du Drapeau National

SUR

L'OBÉLISQUE DE DESAIX.

Stances improvisées par le capitaine Bleton, et lues par lui au pied de la Pyramide-Desaix, à Clermont-Ferrant, le 5 août 1830, au moment où parut sur son sommet le drapeau tricolore.

Du peuple souverain reparaît l'oriflamme !...
Salut, noble étendart ! dont l'aspect nous enflamme ;
Toi, qu'ont tant illustré Jemmapes, Marengo,
Iéna, Moscou !... C'est lui ! c'est notre vieux drapeau !
Et de la liberté l'emblême tricolore,
Des dogmes libéraux assurant les bienfaits,
Sous ses plis ondoyans vient ombrager encore
Le grand nom de Desaix.

Desaix ! des vrais Français le plus digne modèle,
De ton âme sublime, ah ! puisse une étincelle
Sur nos jeunes guerriers redescendre des cieux !
Soldat et citoyen, quel titre glorieux !
Pour toi, le vœu du peuple, infaillible évangile,
Electrisait ton cœur au milieu des combats ;
Sa voix de tes hauts faits fut l'unique mobile ;
Seule elle armait ton bras.

C'est avec ce drapeau que, dans la Forêt-Noire,
Ce héros aux Germains enlevait la victoire ;
Que d'Égypte il chassait les vaillans oppresseurs,
Et sur son dernier temple arborait ses couleurs.
Il tenait à la main l'enseigne tricolore
Quand il faisait justice aux Bédouins, aux Fellhas,
Et qu'aux champs d'Italie il arrachait encore
Les lauriers de Mélas.

Ton précoce trépas fit triompher nos armes ;...
Réjouis-toi, Desaix !... tu n'as pas vu nos larmes,
Quand des traîtres mêlaient, dans les rangs allemands,
Un hourra de vengeance aux hourras des Hullans.
A la Sainte-Alliance ils servaient de cortège ;
Ils ont souillé cette urne et son drapeau français ;...
Cet outrage est vengé :... le peuple les protège,
Les rejoint à jamais.

Depuis qu'à l'ennemi la France fut livrée,
Que d'un prince, sur elle, eut flotté la livrée,
Des Français indignés l'impatient regard
Appelait, invoquait l'héroïque étendart.
Ému, comme à l'aspect d'un brillant phénomène,
Les yeux baignés de pleurs, les bras tendus vers lui,
Le peuple le contemple, et sent tomber sa chaîne :
Il sera son appui.

Fauteurs de tous nos maux, jésuites politiques,
Qui, sans l'être jamais, faites des fanatiques,
Aviez-vous espéré, par des plans meurtriers,
Au nom du droit divin, séduire nos guerriers?...
Mais à peine ont-ils vu la magique bannière,
Qu'ils ont, le cœur épris, salué ses couleurs!
Allez pétrir ailleurs la mèche incendiaire;
Fuyez, vils imposteurs!

La liberté légale est des Français l'idole,
D'attentats, d'incendie en vain tenant école,
Un roi, triste jouet d'hommes astucieux,
Nous montrait l'esclavage où dormaient nos aïeux;
Quand les dignes enfans de la France nouvelle
Ont, par un coup mortel, conjuré le danger;
Sur un fleuve de sang le roi fuit..... sa nacelle
Cherche un sol étranger.

Aveugles insensés, détracteurs des lumières,
Venez des droits communs jouir sous nos bannières.
A travers les brouillards la clarté se fait jour;
Venez, vous bénirez comme nous son retour.
Que l'amour du pays un instant vous anime;
De la raison suivez le conseil généreux;.....
Des peuples le plus fort et le plus magnanime
Sera le plus heureux.

Du peuple souverain reparaît l'oriflamme!
Salut, noble étendart! dont l'aspect nous enflamme;
Toi, qu'ont tant illustré Jemmapes, Marengo,
Iéna, Moscou..... C'est lui! c'est notre vieux drapeau!
Et de la liberté l'emblême tricolore,
Des dogmes libéraux assurant les bienfaits,
Sous ses plis ondoyans vient ombrager encore
Le grand nom de Desaix!

FIN.

www.ingramcontent.com/pod-product-compliance
Ingram Content Group UK Ltd.
Pitfield, Milton Keynes, MK11 3LW, UK
UKHW020418220726
13923UKWH00005B/2028

9 782019 194802